HISTORIA DE MIS LIBROS

PEDRO ANTONIO DE ALARCÓN

EXPLICACIÓN

Ni soy yo el primer escritor que a la vejez ha caído en la cuenta de que le convenía redactar por el mismo el Prólogo general de sus Obras, ni deja de ser necesario que todos los autores realicen, como despedida, algo semejante.

Porque, una de dos: o no tienen en nada sus libros, en cuyo caso deben quemarlos y prohibir a sus herederos que los reimpriman, o los consideran dignos del público, ya sea por debilidad de padre, ya por deferencia a los lectores que pagan: y, en este segundo caso, que es el mío, deben defender aquello que venden; deben deshacer errores y embustes acerca de su origen y significado; deben contestar a criticas basadas en materiales equivocaciones o falsos razonamientos; deben, en fin, poner las cosas en su punto y lugar, para que, llegada la hora de la muerte, no salga cualquier amigo o enemigo desfigurando las intenciones del inerme difunto, con risa o rabia de los pocos o muchos parciales discretos que le queden y, por de contado, con aflicción y pena de los propios hijos -que Dios bendiga, en cuanto a los míos toca.

Aquí tenéis, en cuatro palabras, la explicación del epítome o *testamento* literario que vais a leer; testamento que pienso escribir con la religiosa sinceridad correspondiente a toda confesión, sin dar oídos para nada al agravio, a la vanidad, ni a la conveniencia. De todo lo cual se deduce que sigo en el voluntario propósito, declarado tres años ha en la dedicatoria de LA PRODIGA, de no componer ningún nuevo libro (fuera de la terminación de mis *Viajes por España*), y que no me ya del todo mal en esta que llamaré *barrera* del circo literario, viendo ponerse en paz el sol de mi trabajada vida, mientras que allá abajo, sobre la ingrata arena, prosiguen luchando serviles autores y temerarios críticos de la moderna estofa, quienes no se afanan ya por enaltecer sobre el pedestal del Arte los más puros afectos del alma, sino por complacer a la turbamulta, regalándole cromos y fotografías de las peores ruindades del humano cuerpo.

Podrá ser, con todo, antiguos lectores míos, amantes de lo ideal y de lo decoroso, que el presente inventario resulte, al cabo de mis días, tarea incompleta, por lo temprana (suponiendo, y no es mucho suponer, que, antes de morirme, vuelva a la liza en uso de mi derecho, y componga y publique algunas novelas, de las muchas que aun me bullen en el magín); pero conste desde ahora que, si tal ocurre, las nuevas obras llevarán al frente una especie de *codicilo*, que mis editores póstumos tendrán la dignación de agregar a este mi testamento, con el fin de librarlas también, por todos los siglos de los siglos, de torcidas interpretaciones, y dejar asentado de un modo indudable que jamás contribuí, directa ni indirectamente, a la ruina del idealismo en España, ya que no bastasen mis escritos, por falta de mérito exterior, a libertar a nuestro siempre descuidado país de los estragos de la impiedad y del mal gusto.

Y hechas estas advertencias, que, hablando ahora más juiciosamente, considero inútiles y petulantes, por cuanto la concienzuda posteridad y mi obscuro nombre no llegarán nunca a darse los buenos días, paso a redactar la anunciada pobrísima *Historia de mis libros,* aunque no sea más que para entretenimiento privado de mis herederos y sucesores.

- II -
POESÍAS

En la ciudad de Guadix, que tiene Catedral, Alcazaba árabe, río, huertas, vega, olivares, viñas, sierras, Batallón provincial (hoy *de depósito*), Juez de ascenso, dos lápidas romanas y un alto relieve fenicio, escribí desde la edad de diez años a la de diez y nueve mis primeros versos, artículos y novelas.....

¿Quién me enseñó? -Nadie. -Yo no soy discípulo de ningún D. Alberto Lista, grande ni pequeño. -Sírvame esto de disculpa, o sirva más bien de disculpa a mis obras, dado que no comencé a literatear por selección ni por capricho, sino cediendo a una fuerza interior, tan espontánea y avasalladora como las de la vida, orgánica, y dado también que me fue desde luego forzoso tomar la cosa por oficio y entregar a la imprenta mis pobres borrones, so pena de quedar enterrado en Guadix y cantar misa, cuando mi vocación era el matrimonio, o verme obligado a desmentir en algún taller o mercería mi calidad de nieto de un hidalgo que vivió y murió *«libre y exento de pagar ni contribuir en los pechos, derechos é servicios Reales ni Concejales, como los otros buenos homes pecheros»*, según que reza la Ejecutoria del padre de mi padre, al tenor de otras de sus ascendientes, escritas en letra gótica.

Dicho sea en verdad, casi ninguna de las composiciones poéticas de aquellos albores de mi vida va en esta colección, ni fue tampoco en la primera, que publiqué el año de 1870 bajo el título de *Poesías serias y humorísticas*..... Comienzo sin embargo, por aquí esta reseña bibliográfica, en atención a que mi primer tartamudeo literario consistió en componer versos, por virtud de no sé qué fatalidad innata, como la que dibuja las facciones de cada rostro..... -No quiere esto significar que aquellos frutos silvestres dejaran de ser bordes y detestables..... Pero bueno es haceros saber que de los nueve a los catorce años de edad, no sólo canté, como todo el mundo, el natalicio y los días de mis padres y hermanos, sino también las excelencias de cierta mina que nos costó al cabo mucho dinero, la toma de posesión de un Obispo, el antiguo poderío de los Moros, las ceremonias religiosas de la Catedral, los milagros del varón apostólico San Torcuato y los grandes espectáculos de la naturaleza, mañana, tarde, noche, luna, eclipses, etc., etc.; todo lo cual (refiérome a las canciones) fue pasto de las llamas al poco tiempo.

Llegado a la crisis fisiológica en que la ley permite al hombre hacer testamento y casarse; esto es, llegado a la pícara pubertad, cambié de musa a la par que de voz y de nariz; y la mujer, el amor, la idolatría física o las ilusiones poéticas referentes a tal o cual hija de Eva que sólo se diferenciaba de mí en algunos pormenores de forma y ropaje, fueron exclusivo objeto de mis cantos. -*«A sus ojos.....» «A su boca.....» «A su pie.....» «A su pañuelo.....» «A su abanico.....»*, y también *«A sus juramentos.....» «A su veleidad.....» «A su perjurio.....» «A su olvido.....» «A su muerte.....»*, se titulaban todas aquellas composiciones, escritas en una torre de mi casa, antes o después de ir cotidianamente al Seminario a cursar la Sagrada Teología.....; y de todas ellas tampoco resta nada, supuesto que perecieron también en la hoguera.

Espronceda y Zorrilla me habían servido de modelos hasta entonces. Los cómicos de la legua, que solían hambrear en Guadix por tiempos de feria, me recitaban de memoria los cantos de aquellos dos famosísimos vates. Y así compuse, y quemé también, de los catorce a los diez y seis años, cuatro dramas en octosílabos y endecasílabos, que por cierto me valieron, en el Liceo o teatro de aficionados de aquella ciudad, triunfos y coronas sin número, sólo envidiables (pronto lo discerní) por lo mucho que me gustaba la graciosa joven que representaba el papel de protagonista y a quien regalaba yo todos mis laureles. -Murió pocos años después aquella infortunada, y los necrológicos versos titulados *Las Nubes,* que escribí pensando en ella poco antes de salir de mi pueblo, son los más antiguos que figuran en esta colección, y tal vez los únicos salvados de tan repetidos y justos autos de fe.

Prosiguiendo la historia de mis *Poesías,* sin perjuicio de regresar luego hacia los primeros años para tomar desde el principio mis obras en prosa, diré que, entre lo quemado en otra hoguera posterior, figura una *Continuación* de *El Diablo-Mundo,* principiada en Guadix en 1851, proseguida en Madrid en 1853, y anulada completamente por la que publicó al poco tiempo el insigne amigo de Espronceda, D. Miguel de los Santos Álvarez. -Puedo decir que, desde entonces, no volví a versificar con propósito de alcanzar honra o provecho, sino por encargo de tal o cual amigo por razones domésticas o por compromisos sociales..... -Habíame convencido de que, entre ser *poeta* con toda el alma (como yo lo era por sensibilidad y entusiasmo del corazón y de la mente), y ser *cantor* en verso, con la entonación, el ritmo y la necesaria sublimidad de formas, hay esencialísimas diferencias, y de que mi propia excesiva facilidad para explicarme en tal o cual metro distaba mucho del verdadero *canto*; en el cual, lo mismo que en la buena música, hay que decir las cosas, no con expresiones directas, claras y terminantes, sino por medio de instintivas y misteriosas fórmulas semirreticentes, o sea en un lenguaje vago, simbólico y algo sibilítico, donde mucho tenga que adivinar y suplir, por ley de repercusión armónica, el excitado espíritu del auditorio. -«Sientes bien la poesía (díjome en 1856 Eulogio Florentino Sanz); pero reflexionas después demasiado, y concluyes por expresarla con sobrada claridad y lisura. No naciste para cantar, sino para pintar exactamente la vida interior y la exterior..... -No cantes: escribe.»

Si, a pesar de haberme dado yo mismo cuenta, antes que nadie, de lo que al cabo tuvo la franqueza de decirme el inmortal autor de la *Epístola a Pedro,* llegué, andando el tiempo, a reunir en un tomo las poesías que había compuesto para mi uso particular, o por compromiso, se debió a que cierta mañana del mencionado año de 1870 me comprometieron a ello (creo que por afición a mi persona y a los hechos *consumados*) mis nobles amigos D. Antonio Cánovas del Castillo, D. Juan Valera y D. José Luis Albareda, en reunión sin objeto que celebrábamos en casa de este último..... -Suministró Cánovas el título, diciendo que debían llamarse «*Poesías serias y humorísticas*»; ofreció Valera hacer el Prólogo, que por cierto fue una maravilla de ingenio y amabilidad, y brindóse Albareda a anticipar los gastos de la edición; alegando los tres, como réplica a mis escrúpulos, todas las especiosidades afectuosas y benévolas que estampa en dicho Prólogo el insigne autor de *Pepita Jiménez.* -Todo esto en cuanto a la primera edición..... -Si después, más convencido que nunca de que no nací *cantor,* he reimpreso voluntariamente el tomo de mis humildes poesías, y aun hoy mismo conozco que lo reimprimiré siempre que se agote, débese a que yo estoy más prendado que nadie del asunto de muchas de ellas, y a que no puedo menos de respetar, antes que mi nombradía literaria, algunas circunstancias íntimas que les conciernen. -Observad, como ejemplo, que al frente de la colección va una dedicatoria en verso «*A mi mujer*»; observad que por el canto épico *El Suspiro del Moro* gané en el Liceo granadino la medalla de oro y una corona de plata, y que todo ello lo dediqué a mi primogénita; observad, en fin, que muchos de los demás versos están dirigidos «*A mi hija*», «*A la bandera del Batallón de Ciudad-Rodrigo*», a la muerte del inolvidable niño, a distinguidas damas, a excelentes amigos, etc., etc..... -¿Por qué he de tener la soberbia de renegar de tales obras, absteniéndome de reimprimirlas, cuando son del agrado de personas tan amadas y homenaje precisamente del amor que les tengo? -¿A qué tanta ferocidad, por mucho que me disgusten las llanezas de mis poesías? -¿No queda a salvo mi conciencia literaria con declarar, como declaro sin esfuerzo alguno, *que no soy cómplice impenitente de mi casera musa?*

En cambio, me puedo ufanar, y me ufano para concluir, de que en ninguna de mis composiciones poéticas hay nada contra las buenas costumbres ni contra las sanas doctrinas, por lo cual les concedo de nuevo aquel *exequátur* que denominaban nuestros padres «*Las licencias necesarias*».

EL FINAL DE NORMA

Respecto de esta afortunada novela, tengo que hacer también, ante todo, alguna observación cronológica. -Aunque se dio a luz por primera vez cuando ya había yo publicado otros escritos insertos hoy en las *Colecciones de Novelas cortas y de Cosas que fueron*, la verdad es que EL FINAL DE NORMA debe considerarse corno mi más antigua obra en prosa, si se exceptúa el artículo titulado *Descubrimiento y paso del Cabo de Buena Esperanza.*

Compuse efectivamente EL FINAL DE NORMA en Guadix, a la edad de diez y siete a diez y ocho años, *«cuando sólo conocía del mundo y de los hombres lo que me habían enseñado mapas y libros»*, -según dije mucho después al dedicar la 4.ª edición a su traductor de París Mr. Charles d'Iriarte.

Aficionadísimo a la Geografía, por lo mismo que me consideraba preso para siempre en aquella estacionaria ciudad rodeada de cerros, había imaginado cuatro novelas, congruentes entre sí, que formarían una sola obra, titulada *Los Cuatro puntos cardinales*, cuya primera parte (el Norte) se denominaría EL FINAL DE NORMA. -Por cierto que, cuando en 1868 me vi nombrado Ministro Plenipotenciario en Suecia y Noruega, extraordinaria región, casi fantástica para mí, por donde hice viajar al enamorado violinista y a su amigo Alberto, y en donde suponía haber nacido Brunilda, Rurico de Cálix y Oscar el Pirata, parecióme que estaba soñando o que toda mi adolescencia había sido un sueño..... -De las otras tres partes de aquella *tetralogía* geográfica no borroneé más que la relativa al Oriente, cuyo irónico título era *La Tierra Madre*, pues venía a descubrir que la tal madre no es para el hombre sino madrastra, y que la vida *natural,* al gusto de Bernardino y de Saint-Pierre, o sea lejos de la sociedad y de la civilización, resulta desagradabilísima y hasta imposible para quien no ha nacido entre salvajes. No quedé, sin embargo, muy satisfecho del borrador de *La Madre Tierra;* y como entonces era yo el único juez y testigo de mis propios ensayos, quemé aquella monótona y facilísima defensa del mecanismo social, y no continué ya en ninguna otra forma *Los Cuatro puntos cardinales.*
Habíase salvado, empero, EL FINAL DE NORMA, y su borrador figuraba en mi capital, o sea en mi *activo,* cuando logré sentar los reales en Madrid. -Entonces, lo mismo que hoy (añade la citada dedicatoria), tratábase de una novela *«falta de realidad y de filosofía, de cuerpo y de alma, de verosimilitud y de trascendencia..... Obra de pura imaginación, inocente, pueril, fantástica, de obvia y vulgarísima moraleja, y más a propósito para entretenimiento de niños, que para aleccionamiento de hombres; circunstancias todas que no la recomiendan grandemente cuando el siglo y yo estamos tan maduros.....»*

Algunas de estas razones (escritas, me parece, en 1878) debieron ya de inquietarme en 1855: ello fue que al copiar en Segovia, donde convalecía de una enfermedad, las primitivas cuartillas de mi novela de muchacho, con objeto de publicarla al mes siguiente en la sabionda villa y corte, obligado a ello por la carencia de metales preciosos, me consideré en el caso de intercalar unos flamantes capitulillos y digresiones, llenos de fingida malignidad y de no sé qué aparente eclecticismo, que dejaban bien puesta, en mi opinión de entonces, la amplitud de espíritu del autor de tan inocente obra. -Había yo conocido ya al ingenioso y afrancesado escritor Agustín Bonnat, quien me trató desde luego fraternalmente (para morir tan pronto, y dejarme sin su amenísima compañía), y contagio eran de sus graciosos escritos aquel humorístico aparente, aquel charloteo con el lector, y todas aquellas excentricidades y chanzas con que salpimenté la primera edición de EL FINAL DE NORMA y otras varias publicaciones mías de la misma fecha.

Más adelante renuncié a todo lo que había de postizo y artificial en semejantes bromas literarias, que trastornan las leyes de la perspectiva artística, privando al lector de la ilusión necesaria para tomar como cierto lo fingido, y restablecí en otras ediciones el primer texto de EL FINAL DE NORMA, despojándolo de humorísticas añadiduras. -Y que nada perdió por ello, lo demuestra el creciente favor del público, nunca harto de leer, o sea de comprar, la quimérica y arbitraria historia del violinista Serafín y de la jarlesa Brunilda, no sin profundo asombro mío, que jamás he podido explicarme la buena suerte de esta fábula.

Tal vez consista (como también dije a mi buen amigo Iriarte) en que *«gracias a Dios, EL FINAL DE NORMA, a juicio de honradísimos padres de familias, puede muy bien servir de recreo y pasatiempo a la juventud, sin peligro alguno para la fe o para la inocencia de los afortunados que poseen estos riquísimos tesoros. -¡Y es que en EL FINAL DE NORMA no se dan a nadie malas noticias, ni se levantan falsos testimonios al alma humana!»* -De cualquier modo, conste que la crítica más exigente me tendrá siempre a su lado para censurar esta insignificante obra; y no digo más contra ella, por no hacer lo que Ticiano en la decrepitud, que dio en la manía de corregir todos los cuadros a que debía su fama, y lo hacía tan injustamente, que sus discípulos tuvieron que ponerle aceite de olivas en los colores, a fin de borrar luego las enmiendas. -No soy yo, ni por asomos, ningún Ticiano literario; pero tampoco he tenido otros títulos que mis obras al muy probado aprecio del público y del Gobierno de mi país, y no es cosa de irlas desacreditando una por una en esta enumeración testamentaria, cuando nadie me lo agradecerá verdaderamente, y yo propio puedo ser algo falible al calificar mis trabajos, aunque no tanto como al componerlos.

Déjome, pues, de escrúpulos, y digo, volviendo a lo puramente histórico, que la primera edición de EL FINAL DE NORMA fue publicada en 1855 por el periódico *El Occidente,* de que era director mi siempre buen amigo don Cipriano del Mazo. Comenzó por insertar la novela en folletín, y luego la reunió en dos tomitos. *-La Iberia y La América* la publicaron también por aquellos años, y salió, además en mi tomo de *«Más Novelas»,* que dio a luz don Alfonso Durán, creo que en 1864. -El editor de Sevilla, D. Francisco Álvarez, hizo otra copiosa edición en 1878, en un volumen de que ya no hay ejemplares, y recientemente la he reimpreso en esta colección uniforme de mis *Obras,* como parte de la *Biblioteca de Escritores Castellanos.*

Añadiré, para concluir, que de EL FINAL DE NORMA se han hecho muchas ediciones en la América latina y varias traducciones a lenguas extranjeras.....

Es cuanto puedo declarar, y la verdad, -como se dice en los tribunales de justicia.

- IV -
NOVELAS CORTAS
TRES SERIES O TOMOS.

Titúlase el 1.º *Cuentos amatorios;* el 2.º *Historietas nacionales, y el 3.º Cuentos inverosímiles;* lo cual demuestra la heterogeneidad del conjunto; pero tendré que hablar indistinta o simultáneamente de los tres volúmenes, a fin de subordinar a una clasificación más crítica y didáctica que la fundada en el asunto, las treinta y ocho obrillas de que se compone la colección entera.

Necesito también advertir que no todas estas NOVELAS CORTAS son anteriores en fecha a mis *artículos de costumbres,* ni a otros escritos en prosa de que hablaré luego, y que si les otorgo aquí prioridad cronológica, débese a que nacieron como producto natural y espontáneo de mi espíritu, según claramente lo muestran los cuentos que hilvané mientras permanecí en Guadix, sin maestro ni mentor alguno, y según lo han proclamado después en muy obsequiosos términos algunos escritores insignes. -(Véanse los estudios sobre mis obras debidos a Canalejas, Revilla, Rodríguez Correa y otros críticos.)

Conque pasemos adelante.

Tres *maneras,* distintas en la forma y en el fondo, ofrecen las NOVELAS CORTAS.

Es la primera la de Guadix, la natural, o más bien dicho, la primitiva, algo acomodada, por inclinación propia, a las obras francesas que más me agradaban entonces y de que por casualidad había tenido conocimiento. Comencé rindiendo vasallaje a Walter Scott, Alejandro Dumas y Víctor Hugo; pero me aficioné después con mayor vehemencia a Balzac y a Jorge Sand, por hallarlos más profundos y sensibles; y primeras resultas (muy desmedradas, como fruto de mi pobre imaginación) de tantas y tan diferentes influencias fueron *El Clavo, El Amigo de la Muerte, Buena pesca, El Extranjero, El Asistente, La Buenaventura, Fin de una novela, El Rey se divierte, Dos retratos y Los ojos negros.* -Hoy creo discernir que en estos ensayos predomina la influencia de Alejandro Dumas (siempre me refiero al padre), y lo que desde luego puedo afirmar es que de todos ellos preferí al cabo los puramente narrativos a los descriptivos y a los filosóficos, y que por esta razón insistí varias veces, fuera ya de Guadix, en *relatar* breves episodios o tradiciones nacionales, correspondientes por lo común a nuestra guerra de la Independencia, como El Carbonero Alcalde, El Afrancesado, *¡Viva el Papa! y El Ángel de la Guarda.* -Están vaciados también en los moldes que adopté en mi pueblo *La Corneta de llaves, Las dos glorias, Una conversación en la Alhambra, El año en Spitzberg,* y otras obrillas del mismo orden.

Ya he referido más atrás lo que me aconteció recién llegado a Madrid, por haberme aficionado un querido amigo a sus rarezas literarias (aprendidas por cierto del entonces muy en candelero y siempre admirable Alfonso Karr, cuyas originalidades más chocantes y superfluas imitaba mí buen Agustín, y no lo verdaderamente humorístico, sentimental y filosófico del afiligranado autor francés). -Consecuencia de aquella aberración de Bonnat y mía fue el que yo escribiese diez o doce novelillas estrafalarias o bufonas, que muy mal hicieron en celebrarme tanto algunos periódicos, y que llevan por título: *El Abrazo de Vergara, La Belleza ideal, Los seis velos, ¿Por qué era rubia?, Soy, tengo y quiero,* etc. -Afortunadamente, debajo de aquellas chanzonetas y extravagancias había un pensamiento sano y hasta muchas veces ascético, cual es la constante burla que hago de los necios presumidos, de los cursis que todo lo juzgan extraordinario, y muy especialmente de los que confunden con el idealismo el amor puramente carnal..... ¡a no ser así, habría renegado completamente de tales bromas, eliminándolas de esta colección! -Y es cuanto tengo que decir de mi segunda *manera* como novelista, celebrando que fuera la más transitoria.

Antes del largo paréntesis que hay en mi vida literaria (de 1863 a 1874), durante el cual dediqué exclusiva atención, por espíritu quijotesco, a los intereses de cierto partido político y a las cuestiones de campanario, que servían de base a mi poderío electoral, había ya renunciado a aquella superficialidad aparente y cinismo postizo, imitados de la *bohemia* de París, donde es casi consubstancial del ingenio, y, dicho sea con la debida humildad, era ya autor de algunas otras novelillas, escritas en *manera* más española, ingenua y grave, que si, por un lado, recordaban mis primeros ensayos de Guadix, respondían por otro, aunque imperfectísimamente, al dogma de mis nuevos ídolos, o ya verdaderos dioses literarios, Cervantes, Goethe, Manzoni, Quevedo, los propios Walter Scott y Balzac (éste mejor apreciado), Goltmits, Dickens y demás novelistas que armonizan la realidad y el espiritualismo, y sobre todo revelaban mi culto al más prodigioso explorador del alma humana: ¡a Shakespeare! - Solamente como tenue luz crepuscular llegaba a mis nuevos escritos, por falta de diafanidad de mi inteligencia, el fulgor de estos inmortales modelos, neutralizado también por el invencible ascendiente que siempre ha ejercido sobre mí la sublime, pero enervante poesía de lord Byron..... Con todo, a los otros debióse el que mis últimas NOVELAS CORTAS de la tercera época tuviesen ya, a falta de otro mérito, la serenidad y circunspección que algunos han hallado en *El Coro de Ángeles,* en *La Comendadora* (que tanto complacía a nuestro inmortal Ayala), en *La última calaverada,* en la *Novela Natural* y en *Moros y Cristianos,* y aun en *Sin un cuarto,* y en el rapidísimo epigrama denominado *Tic... tac...,* con ser estos últimos tan atrevidos en la forma.

Viene aquí como de molde corroborar la anterior aseveración de que el fondo de todas mis NOVELAS CORTAS es sano y hasta ascético, por más que estén escritas en mis más procelosos años. Respecto del tomo de *Historietas Nacionales* no necesito aducir ninguna prueba: la patria y la gloria les sirven de exclusivo argumento. Y, en cuanto a las *Narraciones inverosímiles,* creo que les alcanza de medio a medio lo que dije de los *Cuentos amatorios,* al dedicárselos a mis amigos Catalina y Calonje. He aquí los términos de aquella defensa:

«*Cuentos amatorios* se titula esta serie de novelillas, y *amatoria* es efectivamente, hasta rayar en *alegre* y aun en *picante,* la forma exterior de casi todas ellas. Pero, en buena hora lo diga, ni por la forma, ni por la esencia, son amatorios al modo de ciertos libros de la literatura francesa contemporánea, en que el amor sensual se sobrepone a toda ley divina y humana, secando las fuentes de las verdaderas virtudes, talando el imperio del alma, arrancando de ella la fe y la esperanza, y destruyendo los respetos innatos que sirven de base a la familia y a la sociedad.

Mis cuentos son *amatorios* a la antigua española, a la buena de Dios, por humorada y capricho, como tantas y tantas novelas, comedias y poesías de nuestros antiguos y célebres escritores, en que, sin odio ni ataque deliberado a los buenos principios, ni aflicción, ni bochorno del género humano, se describían festivamente, y en son de picaresca burla, excesos y ridiculeces de estrambóticos amadores y de equívocas princesas, de paganos y de busconas, de rufianes y de celestinas, con los chascos, zumbas y epigramas que requería cada lance, todo ello teñido de un *verdor* primaveral y gozoso, que más inducía a risa que a pecado.

Nadie podrá desconocer que, en este punto; mis *cuentos amatorios,* no sólo no traspasan nunca los límites en que supieron contenerse Cervantes, Quevedo y Tirso, sino que rara vez llegan a sus inmediaciones. Por lo que respecta al fondo, creo haber sido más consecuente con la *moral* que ningún narrador de historias de aquel linaje, supliendo así con buenas doctrinas al mérito literario y artístico que faltaba a mis obras. Siempre me he complacido en deducir útiles enseñanzas y provechosas consecuencias de mis narraciones más libres de dibujo, y más subidas de color, como se ve en El *Coro de Ángeles,* en *La última calaverada* y en *La Belleza ideal,* escritas dos de ellas a la edad de veinte años: lo cual demuestra, en definitiva, que la tesis de mi Discurso Académico sobre la Moral en el Arte no ha sido, como afirmaron algunos críticos, flamante convicción de mi edad madura, sino regla constante de toda mi vida literaria.»

Y basta de defensas de autor, que siempre son algo ridículas, hasta cuando las hace, *ultratumba,* todo un Chateaubriand. -Oíd, en cambio, algunas aclaraciones de editor acerca de cada cual de las NOVELAS CORTAS.

He incluido entre ellas el trabajillo geográfico titulado *Descubrimiento y paso del Cabo de Buena Esperanza,* porque no sabía dónde meterlo, y no quería dejar de conservarlo en la colección de mis OBRAS. La explicación de este capricho hállase consignada en la siguiente nota, que figura en el tomo y lugar correspondientes: - «Este opúsculo fue mi primer trabajo literario en Prosa. Se publica cuando tenía yo diez y siete o diez y ocho años; pero lo escribí a los quince. Léase, pues, con indulgencia. Lo inserto en la presente colección, y lo he insertado en otras, por invencible cariño al primer fruto de esta pluma, ya tan cansada, a que debo cuanto soy y pueda ser en la vida.»

Con *El Amigo de la Muerte* me ha ocurrido una cosa singularísima. Contóme mi abuela paterna su argumento, cuando yo era niño, como me contó otros muchos cuentos de brujas, duendes, endemoniados, etc. Lo escribí en compendio antes de salir de Guadix, y lo publiqué en un semanario de Cádiz, titulado *El Eco de Occidente.* Visto su éxito, lo amplié en Madrid y volví a publicarlo en *La América;* y desde entonces hice de él ediciones continuas en mis colecciones de novelas. -Pues bien: hace pocos meses, un amigo queridísimo me contó que acababa de oír cantar en el teatro Real de esta villa y Corte una antigua ópera, titulada *Crispino e la Comare,* cuyo argumento venía a ser el mismo, mismísimo, de *El Amigo de la Muerte.* -Nunca había visto yo aquella ópera, aunque sí la conocía de nombre. Por otra parte, ningún crítico ni gacetillero, de los muchos que han analizado minuciosamente mis escritos, me había acusado por tal semejanza, que parecía denunciar el más imprudente y cándido de los plagios..... Protesté, en consecuencia, contra la afirmación de mi amigo, no pudiendo admitir que dos autores concibieran independientemente dos fábulas tan parecidas..... Pero mi amigo (que es catalán) se calló, compró el libreto de *Crispino e la Comare* y me lo envió..... -¡Figuraos mi asombro! ¡El asunto de ambas obras no tenía meramente semejanza! ¡Era el mismo, con la circunstancia agravante de que la ópera llevaba fecha anterior a mi cuento! -¡Luego yo había sido el plagiario!..... -Pero ¿cómo, sin conciencia de lo que hacía? ¿Cómo, si mi memoria, mi entendimiento y mi voluntad me declaraban inocente? Pronto caí en la cuenta de lo que sin duda alguna había acontecido: el cuento, por su índole, era popular, y las viejas de toda Europa lo estarían refiriendo, como las de España, Dios sabe desde qué centuria. ¡Al autor de *Crispino e la Comare* se lo había contado su abuela y a mí me lo había contado la mía! -Por lo demás, excusado es decir que entre la obra lírico-dramática y mi cuento notábanse sobradas diferencias externas para justificar esta explicación. En la ópera, la Muerte es una vejezuela innoble, y en la mía un caballero invisible, que ejerce la medicina. El discípulo de la negra deidad es casado en la fábula extranjera, y soltero en la mía. Allí resuelve grotescos y ruines conflictos de un matrimonio vulgar; aquí da origen a un drama fantástico, con ínfulas de cósmico..... - En suma: no habrá quien me acuse de plagio, por grande que sea su mala fe; y, de todos modos, conste a los leales que yo he sido el primero en *delatar* al público esta pícara casualidad.

Prosigamos.

La Comendadora es totalmente histórica. Sólo he cambiado nombres y fechas, y algún que otro pormenor *inenarrable* del empeño del niño..... -El caso ocurrió efectivamente en Granada.

El Coro de Ángeles tiene también fundamento real, aunque está mucho más disfrazado. -Ya había yo escrito años antes una *autopsia*, titulada *La Fea*, que figura en mi tomo de *Cosas que fueron*, donde genéricamente se ve a Casimira de cuerpo entero. -Alejandro y Elisa andan por el mundo. -La Baronesa debe de haber fallecido..... o capitulado.

La *Novela..... natural* ofrece el solo mérito de no ser *natural*, aunque lo parece. No contiene más *realidad* que la que mi imaginación le haya prestado al hacer esta especie de ensayo de *naturalismo* decoroso. -Aun así, me desagrada el género *fotográfico* en las novelas.

El Clavo es, por lo tocante al fondo del asunto, una verdadera *causa célebre,* que me refirió cierto magistrado granadino cuando yo era muy muchacho. Como algunas otras novelillas mías, primero la escribí y publiqué muy sucintamente, y la desarrollé después en ediciones sucesivas. -Ha sido traducida a muchas lenguas, y aun me consta que en Austria sirvió de argumento a un drama, que no sé si se representó. -El autor austriaco me escribió hablándome de su manuscrito en Diciembre de 1868, y después no he vuelto a tener noticias suyas ni de su obra.

La última calaverada, La Belleza ideal y El Abrazo de Vergara no se fundan en sucesos reales y efectivos, fuera de algunos accidentes secundarios. Por ejemplo: lo de la niebla y el caballo, que sirve de recurso dramático a la primera, le sucedió a un Jefe político de Cáceres, bien que no en lance de amores. -Respecto de *La Belleza ideal*, indicaré que, aunque escrita después que *El Coro de Ángeles,* viene a ser completamente del austero sentido de esta defensa del alma humana contra la idolatría de la belleza puramente carnal.

Sin un cuarto..... aconteció al pie de la letra, tal y como se refiere, por inverosímil que parezca el suceso. Y no digo más, en atención a que viven el actor y los testigos.

¿Por qué era rubia?, esto es, el modo y forma como refiero que se llevó a cabo aquella *regata,* no discrepa en nada de la verdad. -¡Oh dulces recuerdos!.....

En *Tic... tac...* no hay ni una sola palabra inventada por mí. -Vivo está el héroe, suponiendo que el héroe sea el amante y no el propio marido.

El Carbonero Alcalde. -El Afrancesado. -¡Viva el Papa! -El Extranjero. -El Ángel de la Guarda. -La Buenaventura. -La Corneta de llaves. -El Asistente. -Buena pesca. - El Rey se divierte, -y El Libro talonario son también históricos al pie de la letra. O los he oído contar a fidedignos testigos presenciales, o los he extractado de documentos incontrovertibles. -Yo soy poco aficionado a inventar historias.

Todos los versos de autor religioso anónimo que se citan en el *Fin de una novela* siguen escritos en las paredes del convento de que allí se trata. -Conste, antes de que lo echen abajo.

Una conversación en la Alhambra es pura fantasía. -Lo confieso.

Dos retratos tiene de todo. -Léase la historia del emperador Carlos V, por Fr. Prudencio Sandoval, y se verá que, en el fondo, no he *inventado* nada, por mucho que haya *exagerado,* como otros autores, el amor del Duque de Gandía a la Emperatriz.

En La *mujer alta,* desde la primera letra del relato hasta el final del segundo encuentro de Telesforo con la terrible vieja, no se refiere ni un solo pormenor que no sea la propia realidad. -¡Lo atestiguo con todo el pavor que puede sentir el alma humana!

Los seis velos contienen algunos cuadros tomados de la vida ordinaria; pero su conjunto, como el de *Moros y Cristianos, Soy, tengo y quiero, Los ojos negros y El año en Spitzberg,* es pura química de mi imaginación.

Para concluir: si además de las NOVELAS CORTAS contenidas en los tres tomos publicados por la *Colección de Escritores Castellanos,* aparecen algunas otras de mi juventud, conste que reniego de ellas y que prohíbo absolutamente su reimpresión, por considerarlas insubstanciales y de mal gusto. -No son, empero, menos inocentes que las que reconozco y sigo reimprimiendo; pues vuelvo a decir que en ninguno de los trabajos de aquellos tiempos en que los críticos racionalistas me suponen indiferente como moralizador, hay concepción o relato que no lleve el sello del idealismo más puro, o en que deje de proponerme un fin consolador y edificante, bien que a las veces se reduzca a ridiculizar el falso amor y el sensualismo, como se ve en mis más picantes novelillas, desde *La Belleza ideal* hasta *Sin un cuarto,* desde *El Coro de Ángeles* hasta *Tic... tac...* -Y así se explica que en aquella época (1858) diese yo el primer grito de alarma contra el naturalismo y el *vulgarismo,* con un artículo condenatorio de *La Fanny,* de M. Feydeau; artículo que inició entre nosotros la campaña defensiva de la sociedad y de la literatura, en que después me he visto tan bien acompañado.

COSAS QUE FUERON

De los muchos *artículos de costumbres* y de las muchísimas *Revistas de Madrid* que di a luz durante mi primera época literaria, sólo he juzgado *coleccionables* diez y seis, que son los contenidos en este volumen. Excluí y arrumbé los restantes, porque eran de transitorias circunstancias e interés pasajero; y, fundado en la misma razón, ordeno y mando en esta disposición testamentaria que nunca jamás se resuciten por mis causahabientes. -¡Basta y sobra con los diez y seis susodichos, para que el ingeniosísimo autor del prólogo de COSAS QUE FUERON, Sr. Rodríguez Correa, y los demás escritores que tanto me han mimado en todo tiempo, considerándome como una especie de regenerador o *novador* de los *artículos de costumbres* españolas, se vean negros ante la formidable crítica moderna, siempre que se propongan justificar tan indulgente y benévolo dictamen!

Los tranquilizaré, sin embargo, hasta cierto punto, manifestándoles que mucha parte del público español y extranjero sigue siendo cómplice de su equivocada opinión; que la venta del afortunado tomo se sostiene y hasta progresa; que todos los años publican algunos periódicos, sin mi permiso, varias de las citadas obrillas, como *La Noche buena del poeta y Lo que se ve con un anteojo,* y que otras se ven traducidas frecuentemente a lenguas extranjeras, con particularidad *El Pañuelo, El Maestro de Antaño* y la mencionada *Noche buena.*

Por lo que a mí toca, decidme: ¿qué puedo hacer ya, a la altura en que estamos, sino continuar reimprimiendo este volumen, cada vez que se agote, aunque haya habido algún escritor implacable que no me incluya entre los *articulistas de costumbres* de nuestra España? -¡Mucho respeto la censura omisa de este crítico; pero no me creo por ello en el deber de *casar,* según se dice jurídicamente, la favorable sentencia de tantos generosos panegiristas, suprimiendo un antiguo libro que todavía me renta algunos maravedises!

En lo demás, o sea en lo referente al fondo de COSAS QUE FUERON, reproduzco aquí al pie de la letra cuanto más atrás dejo expuesto acerca del *espiritualismo* y sentido grave y docente de todas mis NOVELAS CORTAS, aun de aquellas más festivas y alegres en lo exterior. Únicamente añadiré (por ser cosa que cierto periódico puso en duda hace poco tiempo) que hoy, día de la fecha, treinta años después de haber escrito el artículo *Lo que se ve con un anteojo,* soy tan enemigo de la pena de muerte como entonces, y como lo seré el resto de mi vida. -Es decir, que si mañana o el otro, en unas Cortes de que yo formara parte, se legislase sobre esta materia, mi voto sería contrario a la pena capital. Del propio modo, si hoy fuera magistrado o ministro, cumpliría o haría cumplir las actuales leyes de mi patria, por mucho que me doliese la aplicación de las que, como ésta, repugnan a mi personal criterio. -Y es que, cuando el hombre vive en sociedad, y, sobre todo, cuando interviene en las funciones del Estado, no puede hacer exclusivamente su gusto.

He dicho.

EL HIJO PRÓDIGO

Si Dios me da tiempo, corregiré este drama; en cuyo caso otorgaré permiso para que pueda volver a ser representado..... cuando yo pase a mejor vida. -¡Antes no!

La principal enmienda que pienso hacerle será a costa de excesivo *prosaísmo* de su exterioridad, contrapuesto deliberadamente, cuando lo escribí, al exuberante lirismo de que adolecían entonces casi todas nuestras obras dramáticas. Aquella mi exagerada sencillez de estilo, de indumentaria y de recursos de guardarropía, me valió celebraciones de muchos literatos de buen nombre; pero hoy se me alcanza que, sin tocar por ello en lo falso ni en lo inverosímil, hay que dar al arte lo que le corresponde, haciendo que las creaciones del ingenio sean algo más interesantes o seductoras que la común realidad de cada día. - Poetizaré, pues, un poco (si corrijo el drama) la condición social, el estilo y el equipo escénico de algunos personajes. -¡Y nada más, supuesto que, en el fondo y en la acción, la crítica acerba de los folletines me dejó a obscuras acerca de lo que debí hacer o no hacer para que la obra fuese de su agrado, como plugo a Dios que lo fuera del de mi buen amigo el público!

Por lo que respecta a la representación de EL HIJO PRÓDIGO, verificada en Madrid el 5 de Noviembre de 1857, a beneficio del primer actor D. Joaquín Arjona, creo necesario ceder la palabra a dos de mis biógrafos, que tratan el asunto como yo no podría hacerlo en manera alguna.

Decía uno de ellos en 1869:

«En 1857 se representó en el teatro del Circo un drama en tres actos y en verso, original de Alarcón, titulado EL HIJO PRÓDIGO. Todos los *criticados* por el autor, es decir, la mayor parte de los poetas, artistas y actores de la Corte, cayeron sobre esta obra como sobre una presa que se arrojaba a su vengativo encono. El drama se salvó, sin embargo; fue muy aplaudido, y proporcionó al autor, llamado repetidas veces al palco escénico, un legítimo triunfo. Mas ni aun así retrocedió el odio. Algunos periódicos, no contentos con criticar apasionadamente el drama, dedicáronse a mentir con cínico descaro; y mientras el público lloraba y aplaudía una noche y otra en el teatro del Circo, la gacetilla contaba que EL HIJO PRÓDIGO había sido silbado, y que nadie acudía a sus representaciones, o que los aplausos que se le tributaban eran comprados, cuando no aconsejaba ¡cosa inaudita!, QUE SE DEJASE DE IR AL CIRCO......, creándose de aquí en el concepto público, acerca del éxito de la obra, una confusa idea, que el tiempo no ha dejado aclarar, ni podrá aclararse enteramente, mientras el autor no desista de su empeño de impedir que vuelva a representarse EL HIJO PRÓDIGO.

Doce años van pasados desde estos sucesos, y Alarcón no ha vuelto a escribir para el teatro. ¡Tanto le repugnó aquella inicua confabulación de la venganza, de la injusticia y de la impotencia! -Que EL HIJO PRÓDIGO tiene defectos, es indudable; pero ¿son perfectas las obras que aplaudían en aquel entonces los detractores del drama de Alarcón? -Afortunadamente, una nueva generación de escritores, desprovistos de aquellos odios, ejerce hoy el magisterio de la crítica y *administra la publicidad,* y esta generación, al leer EL HIJO PRÓDIGO, ha vuelto ya muchas veces por los fueros de la justicia. -En cuanto a nosotros, somos demasiado amigos de Alarcón para emitir nuestra opinión en el asunto.»

El otro biógrafo, o sea mi muy querido amigo D. Mariano Catalina, individuo de número de la Real Academia Española, amplifica y comenta del siguiente modo la historia de aquel deplorable suceso:

«*El Occidente, La Discusión, El Criterio, La América, El Museo Universal, El Semanario Pintoresco, La Ilustración, El Eco Hispano -Americano, El Mundo Pintoresco, El Correo de Ultramar* y otros muchos periódicos, participaron de la fecundidad de nuestro escritor; y los artículos de costumbres, las novelas, las revistas locales y de viajes llevaron su nombre con aplauso por toda la Península. No descuidó tampoco el teatro, antes bien dedicó a la crítica dramática una buena parte de su tiempo, siendo por algunos años el terror de los literatos que escribían para la escena, pues su crítica era severa, acerada, aguda y nutrida de lógica y sólido razonamiento. Muchos disgustos le valió el cultivo de este género de literatura, que siempre lastima la susceptibilidad de los criticados; pero el mayor de todos lo recibió cuando quiso que se representara una obra dramática que acababa de escribir.

a fines del año de 1857 se anunciaba en los carteles del teatro del Circo un drama titulado EL HIJO PRÓDIGO. Llenóse la platea, la noche del estreno, de periodistas, poetas y artistas de todas las categorías y condiciones, y de aficionados a las primeras representaciones, en quienes la de aquella noche había excitado mayor curiosidad..... Aun antes de levantarse el telón..... ya se veía el espíritu de hostilidad que dominaba en una gran parte de los que habían de juzgarle: los chistes de unos, las hipócritas é intencionadas alabanzas de otros, los ataques no disimulados de aquellos que deseaban vengarse del crítico que tan severamente había juzgado sus obras, y el desdichado carácter español, propicio siempre a dejarse arrastrar por el camino que más perjudique al compatriota que se eleva, formaban aquella noche una atmósfera tan contraria a la obra de Alarcón, que bien a las claras se veían las malas condiciones con que penetraba en el palenque dramático, y, sin esperar a que se alzara el telón, podía asegurarse que el drama tenía que luchar con elementos contrarios y con diez probabilidades de éxito contra noventa. El drama, sin embargo, impuso silencio a sus detractores; se apoderó desde el principio de una parte del público; reconcilió después con otra a su autor, y, por último, arrancó ruidosos aplausos. Alarcón fue llamado a la escena repetidas veces, salvándose la obra y proporcionándole un triunfo legítimo. Pero si la colectividad había sido vencida y subyugada, las individualidades tenían aún recursos para impedir que el autor gozase de las ventajas de la victoria; y, en efecto, al día siguiente muchos periódicos lanzaban apasionadas críticas del drama, ocultando la verdad del éxito unos, afirmando que no lo había tenido otros, desfigurando su argumento algunos, tachándole de inmoral no pocos; cuál aseguraba que había sido silbado; cuál otro que los aplausos eran comprados; aquél, que nadie asistía al teatro aunque los carteles seguían anunciando EL HIJO PRÓDIGO; éste aconsejaba que se dejase de ir al Circo; en fin, el clamoreo fue tal y tan contradictorio, que la *opinión* no pudo formar verdadero juicio de la obra.....

Profundamente herido Alarcón con la confabulación que la injusticia, la envidia y la venganza habían tramado contra su drama, resolvió retirarlo de la escena y no autorizar jamás su representación. Veinticuatro años han pasado, y ni ha vuelto a escribir para el teatro, ni ha consentido, por más instancias que se le han hecho, la representación de EL HIJO PRÓDIGO, obra que, no estando libre de defectos, tiene cualidades relevantes, y a la cual profundos *críticos*, que la han juzgado años después, le han señalado el puesto que merecía en las letras y que le habían negado los *criticados* que presenciaron su estreno.

VIAJES POR ESPAÑA

Al final de la obra que lleva este nombre hay un artículo titulado *Cuadro general, etc.,* que sirve de eslabón o tránsito para llegar a otro volumen que estoy concluyendo, y publicaré muy en breve bajo la denominación de *Más viajes por España.*

En dicho artículo explico a los lectores todo lo que pudiera decirles aquí respecto de ambas obras: me remito, pues, a él enteramente, y paso a tratar de otros libros míos, con igual brevedad, si es posible, como muy ansioso que estoy de llegar a explicarme acerca de *La Alpujarra* de *El Escándalo,* de *El Niño de la Bola* y de *La Pródiga,* para desagravio de la verdad y de la justicia, maltratadas por algunos señores fiscales de lo temporal y de lo eterno, en su examen de estos cuatro libros.

JUICIOS LITERARIOS Y ARTÍSTICOS

Las opiniones mías encerradas en este volumen abarcan toda mi larga vida de escritor. Sin embargo, obedecen a un solo criterio: al mismo que tengo en mis maduros años en punto a Buenas Letras y Bellas Artes.

Es decir, que la tesis de mi *Discurso* de entrada en la Real Academia Española; aquella tesis, calificada por espíritus apasionados o ligeros como una retractación o apostasía, no fué más que la confirmación o resumen de los mismos principios que proclamé, hace veintisiete años, en el artículo *Los Pobres de Madrid* (1857), y confirmé en él de *Fanny* (1858), en contra del naturalismo, del *vulgarismo* y del realismo sin argumento moral, que ya comenzaban a corromper la literatura francesa.

He demostrado, pues, siempre en la práctica (como ya habréis deducido del precedente examen de mis *Novelas Cortas*), y he proclamado siempre en teoría (según lo prueban los artículos de que hablo ahora), profundo amor al arte y a la literatura de nobles formas externas y de buena enseñanza íntima, o sea al consorcio de la Belleza y de la Moral. -Porque es de advertir que en mi citado discurso académico no declaré ni remotamente (aunque tal me atribuyeran los que no entienden lo que oyen, o los que se hacen los tontos cuando les conviene) que la Moral fuera artística por sí sola..... sino que tuve buen cuidado de establecer que lo *bueno,* en el sentido ético de la palabra, necesitaba, para convertirse en *artístico,* ser al propio tiempo *bello* en la aceptación didáctica de esta calificación.

He aquí, por si alguien lo duda, una de las fórmulas de que me valí, al condensar ante la Academia mi pensamiento (pág. 56 del tomo que analizo): -«*Si la Moral* NO PUEDE *considerarse como* EXCLUSIVO *criterio de belleza artística, tampoco puede haber belleza artística* INDIFERENTE *a la moral, a menos que se niegue la indivisible* UNIDAD *de nuestro espíritu.*» -Y antes había dicho (pág. 17):..... «*La distinción no arguye contradicción, y si bien consideramos como* DISTINTAS *esas tres ideas supremas* (VERDAD, BONDAD Y BELLEZA), *las contemplamos en una armónica* UNIDAD *absoluta, donde no cabe* ANTAGONISMO: *afírmanse, por tanto, mutuamente, lejos de contradecirse, y se reflejan unas en otras, cual nobles hermanas de sorprendente parecido.*»

¡No alcanzo a comprender cómo, refiriéndose a un discurso tan claro, hubo quien afirmase en letras de molde que, «según mi criterio, todo rasgo de honradez sería una obra de arte, de tal manera que un cuadro en que el pintor representara la limosna, merecería el dictado de *bello,* en el sentido estético, aunque estuviese pintado contra todas las reglas de la pintura!..... -¡Digo a Vdes. que se necesita paciencia para ser literato, orador, pintor o cualquier otra cosa fina, en un país donde la crítica tiene esas entendederas o esa buena fe!

¡Afortunadamente, yo aprendí de muy niño a reírme, como un bienaventurado, en ciertas circunstancias que suelen hacer llorar a casi todos los hombres!

DIARIO DE UN TESTIGO DE LA GUERRA DE ÁFRICA

En buen hora lo diga, de nada tengo que lamentarme por lo relativo a esta obra. -El patriotismo de la Nación entera se sobrepuso a toda consideración literaria o artística, y sin reparar, ni aun los escritores más cultos, en los naturales defectos de un libro tan dificultoso, improvisado, ora al aire libre, ora bajo la tienda de campaña, ora en camarines de moros y judíos, prodigáronme, aplausos y obsequios que, en puridad de verdad (lo reconozco), no iban dirigidos a mí, sino al heroico Ejército cuyas proezas me cabía la gloria de presenciar y referir diariamente.

Dos indicaciones tan sólo haré acerca del éxito de aquella crónica, publicada por entregas, con la celeridad de un periódico, durante los días de mayor angustia y entusiasmo de la madre Patria..... -Son las siguientes:

a cincuenta mil ejemplares llegó la tirada hecha en Madrid por las prensas de mis buenos amigos los Sres. Gaspar y Roig (hoy difuntos); y como el precio medio de cada ejemplar ascendió a cincuenta reales, resulta que la obra produjo dos *millones y medio.* -Es decir, que, deducidos gastos de impresión, y aunque aquellos señores se portaron conmigo espléndidamente (pues que, *motu proprio*, me dieron doble cantidad de la contratada), el beneficio líquido del negocio pasó, para ellos, de *noventa mil duros.*

La segunda prueba material que tuve del éxito del DIARIO DE UN TESTIGO fué que, el día que salí de Tetuán para España, me vi obligado a quemar *más de veinte mil* cartas de personas para mí desconocidas, quienes me habían escrito desde todos los ámbitos de la Nación, hablándome de la guerra y de mi obra en términos tan semejantes, que sus cariñosas epístolas parecían copias de un solo original redactado por el amor patrio. -Y las quemé, porque ocupaban dos grandes baúles, de difícil acarreo en tales circunstancias, y porque, tratándose de unos papeles que en cierto modo se asemejaban a lo que llamamos «*Gloria*», consideré muy natural y propio darme con ellos un *gran baño de humo*..... -Reciban, empero, aquí nuevamente todos aquellos favorecedores (aun los diez o doce mil que ya habrán pasado a mejor vida) las gracias que entonces les tributé del único modo posible, o sea por medio de cierto comunicado que mandé a los periódicos de esta Corte.

Acerca de lo demás que ahora pudiera exponer como respuesta a innumerables preguntas manuscritas, o como rectificación de varias equivocaciones impresas, para que todos quedasen enterados de cómo en África pude ser, a un mismo tiempo, testigo ocular de lo que cada día pasaba en nuestros varios Cuerpos de Ejército y soldado raso del Batallón Cazadores de Ciudad-Rodrigo; de cómo iba a caballo, siendo de infantería; de cómo senté plaza, cuando ni mi familia ni yo éramos del todo pobres; de qué puesto ocupaba los días de acción, etc., etc., remítome y refiérome completamente al Prólogo titulado *Historia de este libro*, que hace cuatro años puse al frente de la segunda edición del mencionado DIARIO DE UN TESTIGO DE LA GUERRA DE ÁFRICA; edición en que incluí también copia literal y legalizada de mi *Licencia absoluta* y de mi *Hoja de servicios*, para mayor autoridad y crédito de la única Historia fidedigna, exacta y cabal que hasta hoy existe de tan gloriosa empresa.

He agregado además, al final de dicha segunda edición, un *Apéndice*, que se titula *«Nombres de los Generales, Jefes y Oficiales de todas armas é institutos del Ejército de África, que murieron en los campos de batalla, o por resultas de heridas o de enfermedad, desde el comienzo de la guerra hasta 1º de Abril de 1860.»*

Por último: he publicado allí mismo un *«Resumen numérico de las bajas que por muerte o heridas ocurrieron* EN TODAS LAS CLASES *militares durante la campaña»*, según datos oficiales del Gobierno.

Eran homenajes debidos a todos los buenos hijos de España que vertieron su sangre en defensa del honor nacional. Y, aunque la mención de las clases de tropa no se hace más que en descarnadas cifras aritméticas, o sea por medio de fríos guarismos, todavía cada suma es como epitafio colectivo de tantos o cuantos héroes anónimos, y da, por ende, favorable ocasión a las piadosas bendiciones de la Patria.

DE MADRID A NÁPOLES

Dos copiosísimas ediciones se han hecho de esta obra: la una en 1861, y la otra en 1878; ambas por la antigua casa Gaspar y Roig: la primera con grabados intercalados en el texto, y la segunda con láminas aparte; grabados y láminas procedentes de fotografías adquiridas por mí en cada localidad que visitaba.

Este libro DE MADRID A NÁPOLES, lo mismo que el mencionado *Diario de un testigo,* y que *La Alpujarra,* de que hablaré en seguida, fue redactado verdaderamente en los propios sitios o ante las propias obras de arte que menciona, y tanto es así, que aun conservo los álbumes de bolsillo en que fui apuntando con lápiz, muy extensamente y *d'après nature,* los caracteres, rasgos fisonómicos y circunstancias accidentales de cada cosa, así como los arranques, exclamaciones o juicios de impresión que me inspiró a primera vista. -En ferrocarril, en silla de postas, a caballo, en mulo, embarcado, marchando a pie; dentro de los museos, en mitad de plazas o calles, en las iglesias, en los cafés, en los palacios de los Reyes, en las estaciones y posadas del camino; donde quiera que veía, pensaba, sentía o me contaban algo, allí tomaba nota de ello, con todos sus pelos y señales, o bien con el color material o sabor moral de la realidad fehaciente, y no otro es el secreto de lo muchísimo que se leen (si los libreros no me engañan en perjuicio suyo) mis crónicas de soldado o de caminante.- Nada hay en ellas que no sea cierto, natural y espontáneo: nada que no haya dimanado inmediatamente de la *actualidad o presencia de los hechos,* sin compostura ni artificio literario de ninguna especie, tratárase de lo trivial o tratárase de lo sublime, y no reparando en las risas y lloros, cánticos y burlas, preces y crueldades, se sucedían con aquel desorden é incongruencia que son tan propios de la terrestre vida.

En esta crudeza y confusión, muy semejantes a lo que hoy se llama *naturalismo,* estriba en mi entender la diferencia esencial, y que nunca se recomendará demasiado, entre las narraciones de viajes y las de mera imaginación. Los relatos de imaginación, particularmente las novelas, deben ser fruto de la realidad humana, sazonada por la reflexión, la filosofía y el arte: las confidencias del viajero deben parecer fotografías escritas. Y de este modo, el que lea la historia de tal o cual peregrinación, llegará a figurarse, por resultas de la verosimilitud y franqueza de los fenómenos materiales o morales presentados ante su vista, que él y no otro es quien está viajando, mirando y sintiendo, pues que su instinto le persuade de que aquellos acontecimientos y emociones están lógicamente encadenados por la invariable Naturaleza, y no por la fría erudición ni por la soñadora fantasía de ningún literato.

Como ni un ápice de lo que estoy diciendo cede en elogio de mi libro DE MADRID A NÁPOLES, sino que, muy al contrario, todo ello demuestra la sencillez del sistema y método que tan excesivas ventajas me ha proporcionado, no tengo inconveniente alguno en declararlo, para aprovechamiento de principiantes y neófitos. -Por cierto que, entre esas ventajas, distinguiré siempre, como la mayor, un cariñoso artículo que el insigne D. Ramón Mesonero Romanos (el *Curioso Parlante*) publicó en *La Ilustración Española y Americana,* haciendo de este mi libro de viajes cuantas celebraciones pudiera apetecer el escritor más sediento de aplauso, aunque el aplauso fuese indebido. Indebido me pareció, en efecto, aquel extraordinario elogio, por más que la temeraria sinceridad de mi carácter, negado a todo género de ficción, me haya valido la nota de *inmodesto* (nota que para mí equivale a la de *ingenuo y franco,* pues que jamás topé con ninguna verdadera modestia en el escenario donde voluntariamente se exhiben literatos y artistas), y alégrome, por ende, de haber podido aliviar hoy mi conciencia revelando, como acabo de revelar al público, el facilísimo procedimiento que empleé en aquella y otras obras, mediante el cual, en lo sucesivo, todo bicho viviente que tenga ojos, oídos y una pluma, podrá escribir interesantísimas crónicas de viajes, mientras que se apolillen en las librerías, cerrados y mudos, los itinerarios estadísticos, simétricos y cabales, escritos sobre datos muertos de una erudición trasnochada, o los relatos (que también puede haberlos) de impresiones..... ajenas, vestidos con ditirambos propios, donde todo sea bonito y artificial, como en las tiendas de flores de trapo.

PARÉNTESIS

Con el libro *De Madrid a Nápoles* terminó la primera época de mi vida literaria. - Dediquéme entonces a escribir, por patriótico afecto al Duque de Tetuán, un artículo político diario, protestando de mil maneras contra la ingratitud y locura que había derribado del poder a un General tan ilustre y tan apto para gobernar a España como aquel semi-irlandés, que tan a fondo nos conocía; eligiéronme luego mis paisanos diputado a Cortes, de oposición; lo fui después ministerial: cuestiones de campanario, intereses de localidad, luchas parlamentarias, obligaciones de partido, destierros, conspiraciones, la temida Revolución, toda la *Comedia Infernal*[2],en fin, de los llamados «intereses públicos», tal y como en los tiempos modernos ha sido y es representada por los Quijotes y beneficiada por los Sanchos, absorbió completamente mi actividad y mi tiempo, y pasáronse de este modo doce o trece años, sin que volviese yo a componer ningún libro.

No sé si, andando el tiempo, coleccionaré, como muestra, algunos de los folletos, artículos y discursos políticos, de interés no circunstancial y mudable, que produje en aquella época de tan efímero cuanto olvidado hablar y escribir..... Conviéneme, de todos modos, hacer constar hoy que las dos últimas obras de mi primer período literario (*La guerra de África y De Madrid a Nápoles*) expresaban, con suma claridad y energía, las mismas ideas religiosas, morales, de gobierno, didácticas y de todo orden con que reaparecí el año de 1874 en el palenque de las bellas letras. No se operó, pues, en mi ánimo conversión alguna durante el citado paréntesis puramente político, como dieron en afirmar censores recién salidos del cascarón, cuando publiqué *La Alpujarra y El Escándalo.* -¡Basta leer mis cristianas protestas escritas en la judería de Tetuán en 1860, o las reservas espiritualistas y religiosas con que asistí aquel mismo año a la emancipación de Italia, en medio del regocijo que me producía el ver cómo los franceses la iban liberando del yugo extranjero; basta pasar los ojos por el cuadro de la vida de París, con que principia el libro *De Madrid a Nápoles,* o por la relación de mi visita al venerable Pontífice Pío IX, para convencerse de la verdad que digo!..... Fueron, por consiguiente, muy pobres hombres los presuntos zahoríes que atribuyeron a seducciones de un sillón en el Consejo de Estado y de otro en la Academia Española el que mis obras de la edad madura no resultasen materialistas, pesimistas ni antipoéticas, sino tan defensoras de la inmortalidad del alma, del amor al bien y de los fueros de la poesía como lo habían sido los libros de mis verdes años. -Así es que mi obsequioso y querido amigo el Sr. D. Cándido Nocedal, en su discurso de contestación al que yo leí cuando tomé asiento en la dicha Academia, al pasar revista a los que él llamaba mis merecimientos *morales y religiosos,* no sólo mencionó mis libros de 1874 y 1875, sino también el artículo *La Nochebuena del poeta,* que publiqué a los veintidós años de edad, y *El Hijo Pródigo,* que di a la escena a los veinticuatro. -¡Y cuenta que el Sr. Nocedal tiene la manga estrecha!

¡Ah! ¡No nos hagamos ilusiones! -La variación, ocurrida efectivamente durante los doce o trece años que mediaron entre la publicación de *De Madrid a Nápoles* y la de *La Alpujarra,* no se había verificado en mi espíritu, sino en el de una gran parte de la Nación, o, cuando menos, en las cosas políticas y sociales; en los hechos, en las leyes, en las costumbres. -Yo, en 1874, era el mismo que en 1862; pero España era muy diferente. -En medio estaba toda la Revolución de 1868.

Antes de aquella revolución, ser cristiano católico apostólico romano no implicaba impopularidad a los ojos de nadie; todo el mundo lo era, o lo parecía: carecíase de libertad o autoridad para demostrar lo contrario: el descreimiento no militaba públicamente como dogma político: ¡había tolerancia en los incrédulos para los creyentes!..... -Por eso nadie me hizo la guerra, durante mi primera época literaria, aunque todas mis obras respirasen, como respiraban, espiritualismo, religiosidad, culto a Jesús crucificado y a su moral divina. -Pero vino la revolución: estallaron todas las pretensiones del racionalismo alemán y todos los rencores contra la Religión cristiana; y mientras los conservadores transigíamos en evitación de mayores males, y estampábamos la tolerancia en la Constitución del Estado, los impíos propasáronse a declarar *ex cáthedra* que las creencias religiosas eran incompatibles con la libertad y contrarias a la filosofía y a la civilización. -« *Todo el que cree es necesariamente carlista»,* fue la extrema fórmula de la impiedad.....; y como al propio tiempo, y por desventura, los partidarios de D. Carlos exclamaban: -«¡*Todo el que no es carlista es necesariamente impío!*», aconteció, como natural consecuencia, que esta execrable consonancia de los radicalismos produjo la más grosera calumnia y arbitraria condenación para las intenciones de los partidos medios, y aun para las intenciones de aquellos absolutistas que no amaban precisamente a determinado candidato regio, o de aquellos republicanos que no habían renegado la fe de Cristo. -Y aquí tenéis explicado, con toda claridad, por qué en 1874, me atrajeron la nota de neocatólico, teócrata y obscurantista, ideas y creencias que nadie apreció de tal modo en 1862, y por qué se me llamaba variable, apóstata y converso, cuando no era yo, sino las circunstancias, las que habían cambiado.

Conque no hablemos más del particular, y entremos de lleno en el segundo período de mis empresas literarias, no sin hacer antes otra declaración que se me ocurre ahora. -Yo soy el primero en reconocer que las nuevas obras que di entonces a luz se diferenciaban algo de las de la primera época; pero ni esta variación tocaba al fondo de las dichas ideas o creencias, ni obedeció a los supuestos motivos que acabo de negar. Toda la alteración estaba en la manera de expresar mis constantes afectos; en el humor y temple de mi alma; en haberse aumentado los registros de mi corazón; cambio naturalísimo y justificado, puesto que, durante aquellos doce o trece años de silencio, había perdido a mi padre, me había casado, había tenido hijos, se me habían muerto dos; mi inolvidable maestro Pastor Díaz descansaba también en la tumba, y, en fin, para colmo de transformación, la fatalidad o la Providencia me había sometido, en mis últimos años de soltero, a una de aquellas pruebas que refunden y modifican la naturaleza más áspera y rebelde..... -¡Era otro hombre! -Y, sin embargo, no fui otro escritor. -Esto lo dice todo.

LA ALPUJARRA

Sucede con frecuencia en el estadio de la literatura, y sobre todo en los teatros, que la masa general del público entiende mejor las obras y se penetra más de su esencia que los críticos de profesión y gentes del oficio; lo cual consiste en que, dominados éstos por ideas y pasiones de escuela, o empeñados en que cada autor corresponda a determinado molde, no se fijan tanto en lo que por su parte sienten como en lo que piensan, y, antes que al experimento, refieren su crítica a preocupaciones o prejuicios.

Algo de esto pasó cuando publiqué LA ALPUJARRA. Era aquel libro, en su economía interna, un alegato en favor de la tolerancia religiosa; demostraba que la mente de Jesucristo no fue nunca crucificar a los adversarios o desconocedores de su doctrina, como lo crucificaron a él los sacerdotes hebreos, sino convertirlos, catequizarlos, salvarlos por medio de la caridad, aun a riesgo de la propia muerte; condenaba yo desde este punto de vista, y también desde el de los intereses patrios, la expulsión de los Judíos y de los Moriscos; concretábame luego a estos últimos, y deploraba que no se hubiesen cumplido las Capitulaciones en cuya virtud se rindió Granada a los Cristianos; me quejaba de que la Inquisición obligase, como obligó, por el terror y la violencia, a los rendidos islamitas a dejar sus leyes, trajes y costumbres, y de que los forzara a recibir un bautismo colectivo, inútil y hasta blasfematorio, por cuanto lo aborrecían y despreciaban aquellos mismos hombres y mujeres, viejos y niños, a quienes, con una escoba, se rociaba de agua bendita, imaginándolos por ende convertidos a la fe cristiana; lamentaba, en fin, que, con tales atropellos, injusticias y ridiculeces se les hubiera impulsado a la rebelión y a la venganza, según declara el Tácito español, D. Diego Hurtado de Mendoza, cuando era indudable que, de seguirse el primitivo sistema de atracción, benignidad y buenos ejemplos, practicado y recomendado por Isabel la Católica, el Arzobispo Hernando de Talavera y el gran Tendilla, todos aquellos moros tan inteligentes, cultos y apegados a España, se habrían confundido muy luego con los vencedores, en una sola religión y un solo sentimiento patrio, según que ya iba aconteciendo antes de que el Tribunal del Santo Oficio tomase cartas en el asunto.

Al mismo tiempo que estas ideas de tolerancia y de evangelización pacífica, defendía yo, en varios capítulos de LA ALPUJARRA, la absoluta necesidad de que cada Gobierno del mundo costeara y enalteciera la religión de la mayoría de sus administrados o comitentes; impugnaba la flamante teoría de indiferencia o ateísmo del Estado, por ser mi opinión que no pueden subsistir socialmente aquellos pueblos que llegan a desconocer la responsabilidad humana ante un eterno juez; pedía al Poder público de España que favoreciese y propagase el Catolicismo, bien que por medios caritativos y edificantes, adecuados a la divina moral del Evangelio, y aducía, por último, como fundamento de esta demanda, no sólo mi propia adoración a Jesucristo, sino la seguridad y evidencia de que la inmensa mayoría..... (¿qué digo *mayoría*?), la casi totalidad de los españoles que hoy tienen *religión positiva*, son católicos apostólicos romanos.

Pues bien: algunos críticos, no el público; varios censores sistemáticos, no los lectores de buena fe; los propagandistas de la impiedad, en una palabra, se desentendieron del sentido general de mi obra, así como de clarísimas declaraciones contenidas en ella; y, mientras infinidad de gentes leales y despreocupadas (pues también es preocupación el racionalismo ilimitado) me hablaban de la imparcialidad histórica y de la religiosidad abstracta con que había yo defendido los fueros de la conciencia contra la tiranía de los conquistadores, exaltando el espiritualismo de toda fe mística, aunque fuese errónea como la de los moros, sobre el materialismo y la indiferencia religiosa, que imperan hoy en las aulas del continente europeo, vi que los mencionados apóstoles del ateísmo, indudablemente a sabiendas de que engañaban al público, dieron en la flor de proclamar en letras de molde que LA ALPUJARRA (¡aquel libro en que con tanto afán recomendaba yo la armonía entre la libertad y la fe, o sea las paces entre la Iglesia y la democracia!) no pasaba de ser «el engendro, más o menos artístico y literario de un intolerante de siete suelas, inquisidor de tomo y lomo, y enemigo implacable de los mahometanos y de los judíos»; con lo cual y con la indulgencia de algunos neocatólicos muy amables, que por entonces me regalaban su gratuito aplauso, halléme de pronto convertido, a los ojos de filosofastros imberbes, en una especie de Torquemada.....

Mucho me hizo reír entonces el verme con este disfraz, que me endosaron juntamente la malevolencia de unos y la sagacidad de otros..... ¡En medio de todo, y comparados los terroristas de la derecha con los terroristas de la izquierda, más agradable érame el trato de los atildados, discretos y corteses inquisidores sin ejercicio, hacia cuyo campo me empujaban todos, que la compañía o las celebraciones de aquellos petroleros morales, faltos de aseo intelectual y social, cuyo primer saludo, en mitad de la calle, era decirme: -«¡Cuánto más «valdrían los libros de V., si hablasen pestes de Dios, de la Virgen y de los Santos!» -Pero, como hoy, al hacer este mi testamento, debo exponer seriamente las cosas, declaro, en confirmación del espíritu y letra de LA ALPUJARRA, que tan enemigo soy de un terror como de otro, que lo mismo condeno y condené siempre a los moriscos que martirizaban cristianos, que a los cristianos que martirizaban moriscos; que aborrezco toda violencia en materias de fe; que, a fuer de hijo del Evangelio, soy tolerante y liberal en el buen sentido de ambas palabras, y que dentro de esa tolerancia y ese liberalismo cabe y aconsejo una constante predicación pacífica (no meramente con palabras, sino también con ejemplos) de las excelencias y ventajas de la Religión..... española.

Para las restantes aclaraciones y advertencias me remito a los *Prolegómenos* con que empieza mi libro; y, en cuanto a los defectos de la composición y del lenguaje, cedo la palabra a mis peores adversarios, conformándome desde ahora con sus críticas, por duras que resulten, con tal que ellos se resignen en cambio a declarar que se puede muy bien no ser intolerante y ultramontano, aun no siendo tampoco materialista ni impío. -Dicho lo cual, terminaré añadiendo, pues así me lo preceptúa la gratitud, que comencé a escribir LA ALPUJARRA el mismo día que cumplí cuarenta años de edad (10 de Marzo de 1873), en una hermosa Dehesa, hoy Colonia, de la Provincia de Cáceres, como huésped de mi querido amigo el Sr. D. Joaquín Boix, entre un magnífico pinar lleno de medrosa poesía, y aquellas alegres orillas del Tiétar, que describo en mi *Visita al Monasterio de Yuste*.

EL SOMBRERO DE TRES PICOS

Un día del verano de 1874, en Madrid, apremiábame la obligación de enviar a la Isla de Cuba algún cuentecillo jocoso, para cierto semanario festivo que allí se publicaba. Recordé, no sé cómo, el picaresco romance de *El Corregidor y la Molinera,* que tantas veces había oído relatar cuando niño, y me dije:

-¿Por qué no he de escribir una historieta, fundada en tan peregrino argumento?

-Porque es muy difícil, dentro de las conveniencias sociales..... -respondió mi buena crianza.

-¡Razón de más para intentar escribirla de modo que nadie se escandalice! - arguyó mi temeridad de artista viejo, recordando haber hecho un milagro semejante con el cuento de *La Comendadora.*

-Pues probemos..... (contestó mi pereza, para librarse de seguir buscando asunto). ¡En medio de todo, el semanario de que se trata tiene pocos lectores, y tal vez ninguno de ellos resida en el continente europeo!

-¡Manos a la obra! -concluyó la parte atrevida de mi ser moral.

Y veinticuatro horas después había escrito diez o doce cuartillas, que contenían, muy en compendio, todo EL SOMBRERO DE TRES PICOS, o sea toda la historia de *El Corregidor y la Molinera,* tal y como me pareció prudente arreglarla y componerla *ad usum* del respetable público.

Iba ya a meterla en un sobre para echarla al correo, cuando me dijo repentinamente la conciencia artística:

-¡Qué lástima! Aquí hay materia para escribir una historia diez veces más larga.....

-¡Ya lo creo!..... (respondió la pereza). Y de ese modo nos ahorraríamos, durante dos meses, la penosa tarea de buscar asuntos para el semanario.....

-¡Pues recomencemos!.....

-¡Oh..... no!..... ¿Quién inutiliza lo ya redactado, y se pone ahora a volver a empezar la ración de mañana?

Vacilé algún tiempo, y esta vez triunfó la actividad. -Comencé, pues, de nuevo la historia de EL SOMBRERO DE TRES PICOS.

Al otro día, iba ya también a meter en un sobre la primera décima parte del segundo relato, o sea del relato actual, que llegaba a la descripción del tío Lucas, cuando entró en mi despacho un buen amigo, versado en letras; referíle el asunto de mi nueva obra; le leí lo que llevaba escrito, y ved aquí sus terminantes palabras:

-No envíe V. al otro mundo esas cuartillas. Reténgalas en Madrid, y continúe la obra *con amor,* hasta acabarla y perfeccionarla cuanto pueda. De este modo se encontrará V., dentro de pocas semanas, con un libro que podrá convenirle publicar en Madrid, en tomo. -¡El asunto es de perlas!

Seis días después volvió a visitarme el amigo, y se halló con que EL SOMBRERO DE TRES PICOS estaba terminado, y hasta puesto en limpio, en la forma que hoy tiene. Al siguiente día empezó a imprimirse en la *Revista Europea,* que publicaban en esta Corte los Sres. Medina y Navarro; al cabo de un mes se reimprimía solemnemente en tomo aparte, y esta es la hora en que van hechas, sólo dentro de nuestra Península, ocho numerosas ediciones.

Tal es la historia de este dichoso librejo, contra el cual no se han alzado mis adversarios. Por la inversa, todo el mundo lo ha tratado hasta con mimo, así en el campo de los innovadores o blasfemadores del Arte, de la Moral y del Alma, como en el de los ortodoxos y arcaístas de todas especies. a tal extremo ha llegado esta unanimidad, que muchas veces he sentido aborrecimiento y desdén a la pícara obra por nadie impugnada, atribuyendo su fortuna a nulidad é insignificancia internas. - Empero últimamente me han reconciliado con este hijo del acaso, no sé qué tardía querencia paternal y la consideración de que, a los diez o más años de publicado, sigue produciéndome tan segura y casi tan pingüe renta como su juicioso hermano *El Escándalo*. -Además: EL SOMBRERO DE TRES PICOS ha sido traducido, que yo sepa, al portugués (con preciosas ilustraciones), al alemán, al ruso, al francés, al italiano, al inglés y al rumano, como también ha dado argumento a dos operetas cómicas, la una francesa y la otra belga; y, en vista de tanto ruido y de tantas nueces, he tenido que acabar por decir: - *«¡Pues, señor, el asunto era de oro! ¡Estoy en deuda con la musa popular, o sea con los ciegos que componen romances!»*

Acerca de la moralidad y color de la obra, en el *Prefacio* que lleva al frente he dicho cuanto correspondía a mi reputación de escritor honesto y de persona bien criada. Conviéneme, sin embargo, añadir, para mayor refulgencia de la castidad de mi musa y de la del público español en general, que uno de los mejores literatos de Francia, Alejandro Dumas (hijo), a quien debo amistosísimas atenciones, tuvo hace años la franqueza de escribirme que mi SOMBRERO DE TRES PICOS habría ganado mucho, particularmente en aquella nación, si yo hubiese conservado el desenlace crudelísimo dado por la versión plebeya, o sea por los romances de ciego, al *quid pro quo* de que fue inocente objeto doña Mercedes..... -Es decir, que ni aquel insigne escritor ni el público francés se habrían escandalizado ante la consumación de una atrocidad en el molino, ni ante la efectividad de sus represalias en el Corregimiento..... ¡Es decir, que.....!

Pero doblemos la hoja..... -¡Bueno está, sin más ribetes ni escarapelas, mi empecatado SOMBRERO DE TRES PICOS!..... -Y lo peor de todo es, hablando aquí en reserva, que *«también me gusta a mí la señá Frasquita»;* por aquello de que la Molinera *«como guapa, es guapa»*....., aunque *«también sea guapa la Corregidora».*

¡Oh inefable delicia, la de crear seres con la pluma! ¡Oh complacencia, poder uno formarlos a su arbitrio y moverlos según su agrado! ¡Oh tormento, tener que resolverse a dejar de lanzar al mundo tantos y tantos personajes como aun le bullen en la imaginación, y haber de morirse algún día exclamando: «Morid también vosotros, sin haber nacido!» -Pero así son las cosas humanas. *Ars longa, vita brevis!* -Y, además, que no todos tenemos filosofía bastante para decir: *Satis est equitem mihi plaudere.*

EL ESCÁNDALO

Tócame al fin hablar de la más discutida de mis producciones literarias; de la que más se vende y más se critica; de la que unos ponen en las nubes y otros por los suelos; de la que yo, su autor, consideraré siempre como la menos mala de mis obras y de mis acciones: tócame, en suma, hablar de EL ESCÁNDALO, respecto del cual estoy decidido a ser tan desenfadado y categórico como lo han sido y siguen siéndolo sus detractores.

¡Basta, sí, de silencio! ¡No ha de estar condenado el autor de un libro a ver que lo maltratan años y años, con razón o sin ella, sin que le sea permitido nunca defenderse ni defenderlo! ¡No ha de tolerar y consentir eternamente las perfidias o necedades del crítico, la falsedad a sabiendas, la sandia indignación, la gratuita hipótesis, la bufonada, el insulto, la calumnia, y todo ello por respeto a las ridículas convenciones y mentiras que llevan el nombre de *modestia*! -¡Seamos todos modestos y humildes, o no lo sea nadie! -¿Por qué ha de permitirse condenar las obras ajenas a cualquier estudiantón grosero y cursi, metido a crítico, que no sabe luego compaginar ni hacer legibles sus propias creaciones, y se nos ha de negar el dulcísimo derecho de llamarle tonto, y descortés, y atrevido, y hasta desaseado, a nosotros los que, cuando menos, hemos acertado siempre a escribir lo que nos propusimos, bueno o malo, tuerto o derecho, y solemos ser leídos de un tirón y con gusto por los hombres de bien, por las personas de clase, por las mujeres sanas y limpias y por los maestros de la verdadera literatura?

Pero no temáis que avance yo demasiado en ese camino de represalias: no temáis que pierda el tiempo y el estómago en examinar las insulsas y apestosas historietas que los Aristarcos antirreligiosos suelen componer a renglón seguido de haber tronado contra el éxito ajeno, historietas que se caen de las manos de sus mismos discípulos de pornografía, impiedad y vulgarismo, según que los pobres muchachos suelen decirnos en voz baja, lamentando que sus maestros escriban unas obras tan insoportables: no temáis, no, que yo me permita otra cosa en el presente capítulo que rectificar errores o simplezas referentes a mi pobre ESCÁNDALO, dejando, por lo demás, en mitad del arroyo las *obras-modelo* con que se pretendió deslumbrarme, y que, por lo pesadas, ramplonas y puercas, nunca penetrarán en el gabinete del genuino literato, ni en el hogar del buen padre de familia, ni en el tocador de la dama elegante, ni en el estudio del artista nativo, ni en la celda del estudioso escolapio, ni en el sotabanco de la costurera honrada, ni en la guardilla del escolar que tenga vergüenza.....

Entreténganse, si quieren, ellos allá en fingirse recíprocamente, a fuer de compadres de poca ropa, haber gozado muchísimo con tal o cual producto nuevo de su fabricación antipoética, antimoral, anticatólica y antisalubre (desabrido y vulgarote plagio, de la picante y graciosa indecencia francesa), mientras que yo, en Dios y en mi ánima les juro no volver a maltratarlos, cuando haya puesto fin a esta defensa de mis libros, ni guardarles rencor, ni desearles nunca malos negocios, sino, antes bien, pedir al cielo que pronto se purifiquen y enmienden, y me remitan alguna obra suya verosímil, poética y decorosa, para mandarles en seguida, como premio, mi perdón por sus críticas, un ramo de flores y un abrazo.

Conque tratemos ya del asunto.

A principios de Septiembre de 1868, hallándome en Granada, con prohibición oficial de residir en la Corte, comencé a escribir EL ESCÁNDALO, cuyo argumento me estorbaba en el cerebro y en el corazón desde los primeros meses de 1863.

Llevaba compuestos dos capítulos, cuando estalló la Revolución, y acudí a Sevilla, como tenía convenido con el inmortal Ayala; de allí pasé a Córdoba con el Ejército del Duque de la Torre, y asistí a la jornada del Puente de Alcolea; luego estuve en

Madrid; después en Zaragoza; en seguida batallando en las elecciones de mi provincia; a continuación en las Cortes Constituyentes; más adelante en nuevas conspiraciones y nueva selecciones, o desempeñando por cuarta vez el cargo de Diputado, o manteniendo renovadas luchas periodísticas, o visitando la Alpujarra, o escribiendo el libro del mismo nombre, etc., etc.; y resultado de todo ello fue que transcurrieron seis años y dos meses antes de que me ocurriera volver a coger la pluma para continuar la interrumpida novela.

Libre al fin de penas y fatigas, en Noviembre de 1874 puse otra vez manos a la obra, recomenzándola, como si nada llevase hecho..... Pero, no había borroneado la mitad, cuando se dio en Sagunto el grito de Restauración de la Monarquía en la persona de D. Alfonso XII. -Afiliado yo hacía dos años bajo esta bandera, volví al estadio político, abandonando otra vez el literario, y con haber sido nombrado Consejero, con las Elecciones, con mis trabajos de Senador y con las tareas periodísticas, me vi privado durante otros cinco meses de continuar aquella historia, que parecía hallarse en pugna con mi predestinación.

¡Ay! No ¡era esto: era que EL ESCÁNDALO había sido concebido en horas de infinito pesar, y que otro inmenso pesar había de dominarme cuando lo escribiera! A fines del inmediato Mayo enfermaron de tos ferina todos mis hijos..... Luchaba ya con la muerte el más pequeño, cuando el 1.º de Junio lo llevamos a El Escorial, a ver si lo salvaban aquellos puros y salutíferos aires. -Pero murió al día siguiente de nuestra llegada..... -Allí lo enterré, si no con mis propias manos, presenciando yo su inhumación. Decididos entonces a no separarnos de su tumba sino lo más tarde posible, nos quedamos todo el verano en una casa frontera al cementerio, y desde la noche siguiente a la fúnebre ceremonia emprendí la tarea de acabar el malhadado libro.

No se interrumpió ya mi faena. Acostábame todos los días al obscurecer, y me levantaba a la una de la noche. Desde esta hora hasta las ocho de la mañana escribía incesantemente: a las nueve echaba al correo las cuartillas, y luego me iba al Monasterio, al Casino, a visitas, a los paseos, de tal modo que los inolvidables amigos que allí me acompañaban de sol a sol no pudieron entender nunca que un hombre tan desocupado, al parecer, hubiera escrito y hecho imprimir en cuatro semanas casi un volumen. -En efecto: la víspera del día de San Pedro, EL ESCÁNDALO estaba concluido, y el 1º de Julio de 1875 se ponía a la venta en todas las librerías de Madrid.

Tan complicada fue la elaboración de mi más dificultosa novela. Respondamos ahora a los cargos de que ha sido objeto.

Formada ya por los racionalistas, como dijimos al hablar de *La Alpujarra,* la fría resolución de acusarme de neocatólico y ultramontano, sin más causa ni fundamento que el no tenerme de su parte para negar la espiritualidad del alma, la existencia de otra vida y la responsabilidad de nuestras acciones ante un Sumo Dios, comenzaron por establecer que no había sido necesario, sino mero lujo levítico mío, el que Fabián Conde, en su tremendo caso de conciencia, acudiera, como acudió, a un clérigo célebre, en vez de dirigirse a cualquier famoso abogado o filósofo librepensador.

¡Parece imposible que los partidarios de la naturalidad o naturalismo, me hiciesen acusación semejante! -Porque, dígaseme: ¿no es lo más natural, lo más acostumbrado, lo verdaderamente español, cuando un joven de la aristocracia se ve abrumado por sus remordimientos y por sus pasiones el que busque al mejor confesor de que tenga noticia y le pida consejo y fuerzas, en lugar de llamar a la puerta de D. Cristino Martos, de D. Francisco Pi y Margall o de D. Nicolás Salmerón? -¡Con el confesor se habla en inviolable secreto y completamente de balde: el confesor no se impacienta; el confesor es dulce y piadoso por oficio....., mientras que los otros señores necesitan su tiempo, no están siempre de buen humor, y tienen además sus preferencias personales!

Pero (seguía diciendo la Crítica) suponiendo que Fabián Conde hiciese lo mejor o lo más acostumbrado en ir a hablar de su tribulación con un sacerdote famoso, el autor debió dotar a su joven protagonista de muchísima ciencia, de grandes facultades de orador, de todos los prodigiosos artificios mentales de la filosofía alemana, y, por este medio, el penitente habría podido medirse de igual a igual con el teólogo, y vencerle, y hasta convertirlo a la impiedad.....

Señores críticos: ¡por Dios! Fabián Conde no era socio del Ateneo, sino socio del Casino del Príncipe; Fabián Conde no había pasado la vida estudiando, sino requebrando mujeres; el problema que Fabián Conde sometió al Padre Manrique no fue ninguna especulación filosófica, sino un atranque material de la vida, y la contestación del clérigo no fue doctrinal, sino práctica: no le probó, ni juzgó necesario, probarle que Dios existía; le mandó y rogó que lo creyese, o que obrase como si lo creyera, y fue la verdad (así en la historia efectiva, que yo presencié, como en la novela, que yo escribí) que tan luego como el insubstancial y ambicioso lechuguino procedió en justicia contra sí propio, cual si estuviese convencido de que Dios leía dentro de su alma; tan luego como renunció a toda mentira, a toda usurpación, a todo bastardo interés; tan luego como desdeñó las felicidades terrenas y se abrazó a la Cruz que le presentaba Diego, volvieron a su espíritu la alegría, la paz y el valor; consideróse totalmente invencible, y reconoció la necesaria existencia de aquel Eterno Padre, que parece sonreír con bondad en el fondo de toda conciencia purificada. -Jesús lo dejó dicho: «*¡Bienaventurados los limpios de corazón, porque ellos verán a Dios!*»

Además, caballeros: si Fabián Conde no pasaba de ser un calavera discreto y un mediocre artista, como tantos y tantos marqueses o duques no metidos a filósofos trascendentales, tampoco el Padre Manrique era ningún sabio de primer orden y de reputación universal, un San Agustín, un Santo Tomás o un San Buenaventura, sino pura y simplemente el Padre Manrique que yo presento en mi obra, tal como Dios lo crió, y tal como solía alojarse en los Paúles bajo su verdadero nombre.

Su merced y el joven pecador hablaron lo que hablaron, y nada más. Si en las escuelas se mantienen hoy conversaciones más sublimes o abstrusas, mejor para las escuelas; pero ni semejantes controversias filosóficas se les ocurrieron a mis personajes, ni, por consiguiente, tuve yo que transcribirlas. -¿No decís vosotros que el autor debe omitir comentarios propios, debe ser un espejo indiferente, debe imitar la serenidad olímpica de Goethe? ¡Pues yo en EL ESCÁNDALO me he limitado a referir lo que pasó; a hacer hablar a mis héroes como hablan en Madrid los calaveras y los Jesuitas, en la seguridad de que, publicándolo, proporcionaba un beneficio a mis prójimos! Y que lo conseguí; que les proporcioné ese bien; que elegí sabiamente el asunto en la *variada realidad* de las costumbres madrileñas, me lo demostraron algunos de nuestros racionalistas más célebres, al decirme con noble sinceridad, en mitad de la calle, después de lamentar mucho el espíritu religioso de mi nueva obra: «*que habían leído* EL ESCÁNDALO *sin descansar, y que después de leerlo se habían sentido* MEJORES DE LO QUE ANTES ERAN.» -¡Vivos están, y por Madrid andan, y tal vez declaren espontáneamente que no miento algunos de aquellos leales materialistas! Si se les presenta ocasión y así no lo hacen, consistirá en que ahora son otra vez *peores* que cuando departieron conmigo.